LE BARON DE LA CRASSE

LE BARON

DE

LA CRASSE.

COMEDIE.

Repreſentée ſur le Theatre Royal
de l'Hoſtel de Bourgogne.
1662.

A PARIS,

Chez GABRIEL QVINET, au Palais,
à l'entrée de la Galerie des Priſonniers,
à l'Ange Gabriel.

M. DC. LXVII.
AVEC PRIVILEGE DV ROY.

A MONSEIGNEVR
MONSEIGNEVR
LE DVC
DE CREQVY,
PRINCE DE POIX,
PAIR DE FRANCE,
CHEVALIER DES ORDRES DV ROY,
Premier Gentilhomme de sa Chambre,
Gouuerneur de Hesdin; & nommé par
Sa Majesté Ambassadeur Extraordinaire
à Rome, prés Sa Sainteté.

ONSEIGNEVR,

Si le Baron de la Crasse ose pa-
roistre deuant Vous, ce n'est pas pour

EPISTRE.

vous demander Iustice du mauuais traittement qu'il a receu des Huissiers de la Chambre du Roy. Si son affront luy a valu le bien de vous diuertir, il en a tiré trop d'honneur pour s'en plaindre ; & il se tient assez à couuert des disgraces qui luy pourroient arriuer vne seconde fois à la Cour, s'il est assez heureux pour s'y faire voir sous vostre protection. Mais, MON-SEIGNEVR, de quel front ose-ray-ie offrir à l'vn des premiers & des plus considerables du Royaume, le dernier Baron, & le plus ridicule Homme de France? Il y a de la temerité, & rien ne la pourroit rendre excusable, si l'ardeur de se donner à vne Personne d'vn aussi grand merite que le vostre, ne touchoit auiourd'huy

EPISTRE.

tant de monde, qu'elle semble ne deuoir pas estre tout à fait condamnée dans l'vn de mes enfans. Vous sçauez, MON-SEIGNEVR, que c'est vne passion qui luy doit estre naturelle, & que moy-mesme ayant eu l'honneur d'estre à Vous, il semble y auoir quelque iustice pour moy à regarder cet auantage comme vn bien hereditaire pour tout ce que ie puis produire : ie deuois attendre, sans doute, que le temps me rendist capable de mettre au iour quelque Ouurage moins défectueux, pour auoir moins à rougir de la liberté que ie prens ; mais l'empressement de mon zele ne l'a pû souffrir, & i'ay mieux aimé me mettre au hazard d'estre accusé d'indiscretion, que de diferer plus long-temps à faire connoistre à tout le

EPISTRE.

monde, que la seule gloire où i'aspire, est de vous donner des marques de la respectueuse passion auec laquelle ie suis obligé d'estre toute ma vie,

MONSEIGNEVR,

Vostre tres-humble, tres-soûmis, & plus obligé Seruiteur,

POISSON.

A Mʳ POISSON,

SVR SA COMEDIE

D V

BARON DE LA CRASSE.

P VIS que ie n'ay point veu le Baron de
  la Craſſe,
Dont chacun me dit tant de bien,
Il eſt tres-juſte que ie faſſe
Pour celuy qui l'a fait, ou quelque choſe, ou rien:
Rien n'eſt rien, mais il faut que ie le felicite,
  Et qu'auec cela ie l'excite
A pouſſer vn trauail qui promet tant de fruit,
Puis qu'il doit quelque jour remporter l'auantage
  D'eſtre Autheur du plus bel Ouurage
Qu'en ce genre d'écrire on ait iamais produit.

ǎ v

D'vne commune voix c'est la plus belle chose
Qu'au Theatre l'on puisse voir;
Et si quelque enuieux en glose,
C'est par jalousie, ou bien par desespoir.
Mais dût-on m'accuser de tous les deux ensemble,
Quoy qu'aux Critiques il en semble,
Ie n'entens point parler de l'aimable Crispin,
Sans estre au mesme temps chatoüillé d'vne enuie
Qui ne naist point de jalousie,
Mais de la passion d'admirer sa Catin.

Tout Paris l'applaudit, tout le monde la vante,
Et l'on l'admire justement;
Sur tout l'on m'a dit qu'elle chante
Aussi bien, sans mentir, que defunt Lalemant.
Que la comparaison, s'il luy plaist, ne l'offence,
Il chanta mieux qu'Homme de France;
Mais elle le surpasse, au recit des plus fins.
Vous pouuez aisément luy donner des secondes,
Des Cigongnes, & des Ragondes,
Mais ne vous lassez point de faire des Catins.

Ie la vois de mon lit, & dedans mon idée,
   Ie crois l'entendre caqueter ;
   Et i'ay d'ailleurs l'ame obſedée
De tout ce que Criſpin y doit repreſenter ;
Ie vois qu'en cent façons il ſe metamorphoſe.
   Encore vn coup la belle choſe !
Helas ! n'en parlons plus, de peur d'eſtre jaloux :
On fait tant de Marquis, on fait tãt de Marquiſes ;
   Mais i'engagerois mes chemiſes
Pour pouuoir fabriquer vn Baron comme vous.

DE VILLIERS.

AV BARON
DE LA CRASSE.

Ne vous étonnez pas, si ie ne vous dis rien
    Du braue Baron de la Crasse;
Comme ie ne sçaurois en dire assez de bien,
    Il faudra qu'il se satisfasse
De ce que i'ay pour luy de bonne volonté:
Vn mot luy fera voir la grandeur de mon zele;
    Le Baron est sans paralelle,
Et rien ne fut iamais si bien executé.

DE VILLIERS.

A CATIN.

C'EST à vous maintenant, Catin,
Catin jusqu'icy sans égale,
Apres tout ce que vaut Crispin,
Ce que vous meritez il faut que ie l'êtale.
Il faut que ie vous fasse icy
Voſtre Portrait en racourcy;
Car le faire de voſtre taille,
Il me faudroit trop de papier,
Il faudroit trop verſifier,
Et i'aimerois autant dêcrire vne Bataille.

Comment diable vous babillez
Auec voſtre jargon des Halles!
Combien vous en dêtortillez!
Voſtre langue, dit-on, va comme des Timbales:
Bredi, breda, bredi, breda,
Le cul deçà, le nez dela.
Ha! que toutes vos deuancieres
Deuroient bien à preſent peſter;
Car ie juge ſans vous flater,
Qu'elles n'ont pas valu d'eſtre vos Chambrieres.

Nous auons eu le temps passé
Et Dame Alizon, & Gigongne;
Mais elles ont le nez cassé,
Catin montre le sien à l'Hostel de Bourgongne:
Nargue pour tous les enuieux,
Elle jette la poudre aux yeux,
Et fait à tous rendre les armes:
Ce discours est sans passion,
Et sans nulle affectation,
Ie n'en excepte pas Sœur Ragonde des Carmes.

Catin, m'amour, vous valez trop,
Et vous faites trop de merueilles,
Il faut accourir au galop
Pour en remplir ses yeux ainsi que ses oreilles.
Toutes vos petites Chansons
Que vous chantez sur diuers tons,
Charment toute vostre assistance;
Et pour vous dire ingenûment
Quel est pour vous mon sentiment,
Vous seriez ma Catin, si i'estois Roy de France.

DE VILLIERS.

Extrait du Priuilege du Roy.

PAr Grace & Priuilege du Roy, donné à Paris
le 4. May 1662. Signé, Par le Roy en son Con-
feil, MARESCHAL: Il eft permis à GVILLAVME DE
LVYNES, Libraire-Iuré de noftre bonne Ville de
Paris, de faire imprimer vne Piece de Theatre
intitulée, *Le Baron de la Craffe*, pendant le temps
de cinq années: Et defenfes font faites à tous autres
de l'imprimer, faire imprimer, vendre, ny debiter
d'autre impreffion que celle de l'Expofant, à peine
de mille liures d'amende, de tous defpens, dom-
mages & interefts, comme il eft plus au long
porté par lefdites Lettres.

Et ledit Sieur DE LVYNES a fait part du Priuilege cy-deffus à GABRIEL QVINET auffi Marchand
Libraire, pour en joüir fuiuant l'accord fait entre
eux.

Regiftré fur le Liure de la Communauté le 13.
Mars 1662. Signé DV BRAY, Syndic.

Acheué d'imprimer pour la premiere fois
le 13. Mars 1662.

Les Exemplaires ont efté fournis.

LE
BARON
DE
LA CRASSE.
COMEDIE.

SCENE PREMIERE.

LE MARQVIS, LE CHEVALIER.

LE CHEVALIER.

 Oicy donc le Chasteau du Baron de
la Crasse?
On disoit que c'estoit vn si beau Lieu
de Chasse.

LE MARQVIS.

C'est que l'on se railloit; mais pour ton reconfort,
Crois que ce Campagnard nous diuertira fort.

LE BARON

LE CHEVALIER.

Mais enfin ce Baron, quelque fat qu'il puisse estre,
Voyant que ie n'ay pas l'honneur de le connestre,
Croira bien, s'il luy reste vn peu de jugement,
Que l'on m'en veut donner le diuertissement,

LE MARQVIS.

Et quand il le croira, qu'est-ce que l'on hazarde?
C'est vn Baron, te dis-je, à souffrir la nazarde;
Il n'a depuis dix ans sorty de son Chasteau,
Que l'autre jour qu'il fut jusqu'à Fontainebleau,
Où son malheur le fit berner d'vne maniere
Fort plaisante, dit-on, & fort particuliere:
C'est tout ce que i'en sçay; mais ie veux aujourd'huy
Tâcher adroitement à l'apprendre de luy.

LE CHEVALIER.

Mais si l'affront est grand, voudroit-il nous le dire?

LE MARQVIS.

Luy parlant de la Cour, & de Fontainebleau,
Luy-mesme donnera d'abord dans le panneau.

SCENE II.
LE BARON, LE CHEVALIER, LE MARQVIS.

LE MARQVIS.

AH! Monsieur le Baron.

LE CHEVALIER.

Ah! Monsieur.

LE BARON,

Ie vous jure,
Qu'en me faisant honneur, vous me faites injure,

DE LA CRASSE.

Car de me venir voir, & n'en auertir pas,
C'eſt ſe joüer à faire vn fort mauuais repas.

LE MARQVIS.

Vousvous moquezde nous, mâgeátvôtre ordinaire,
Ie ſuis fort aſſuré que nous ferons grand chere.

LE CHEVALIER.

Le deſir de vous voir me preſſoit tellement,
Qu'enfin il a falu.....

LE BARON.

Monſieur, ſans compliment,
Voyez-moy tout le ſaou, contentez voſtre enuie,
L'on eſt à meſme icy.

LE CHEVALIER.

Mon ame en eſt rauie.

LE BARON.

La mienne l'eſt auſſi.

LE MARQVIS.

Monſieur brûloit d'auoir
L'honneur devous cônoiſtre, & moy de vous reuoir.

LE BARON.

Pour vous bien diuertir, çâ que pourrós-nous faire?

LE MARQVIS.

Nous aurons bien tantoſt dequoy nous ſatisfaire,
Car des Comediens viennent icy vous voir.

LE BARON.

Ne vous moquez-vous point?

LE MARQVIS.

Ils arriuent ce ſoir.

LE BARON.

Ma foy, ie le voudrois.

LE CHEVALIER.

Ce n'eſt point raillerie,
Nous auons diſné tous en meſme Hoſtellerie,
Ils viennent à Beziers.

LE BARON.

Ils quittent leur chemin.

LE MARQVIS.

Et ne pourront-ils pas le reprendre demain?

LE BARON.

Oüyda, facilement : I'admire ce rencontre!

LE CHEVALIER.

Ce n'est qu'où l'on nous voit que le plaisir se môtre.

LE MARQVIS.

En effet, nous viuons comme des demy-Dieux;
Les diuertiffemens nous suiuent en tous lieux.

LE CHEVALIER.

Ie les ay veu joüer, leur Troupe est raisonnable.

LE MARQVIS.

Monsieur leur fit sa Cour comme ils estoient à table.

LE CHEVALIER.

I'en connois quelques vns.

LE MARQVIS.

Mais le premier Acteur
Se croit fort habile Homme, & fort grand Orateur;
Les premiers de son Art, les plus inimitables,
Il ne les trouue pas seulement suportables.

LE BARON.

S'il vient, nous le verrons.

LE MARQVIS.

Enfin toûjours constant
Dedans vostre Chasteau?

LE BARON.

Monsieur, i'y vis content,
Tout m'y rit, tout m'y plaît, tout m'y paroît aimable,
Le plus affreux Hyuer, ie l'y trouue agreable.

LE MARQVIS.

Le beau Regne où l'on est, la douceur de la Paix,
Et la Cour à present plus belle que iamais,

Auec tous ſes appas ne vous fait nulle enuie?
LE BARON.
Non.

LE MARQVIS.
Non?

LE BARON.
Que voulez-vous? mon Chaſteau c'eſt ma vie.
LE MARQVIS.
Depuis plus de cent ans on n'a rien veu de beau,
Comme de voir la Cour dedans Fontainebleau:
Sept ou huit mois durant elle fut ſans égale;
Les Seigneurs ſe portoient dans la Cour de l'Ovale;
Et le plus ſouuent ceux qui venoient les derniers,
Eſtoiët heureux d'auoir leurs lits dans des Greniers:
Dans les Châbres du Roy, dedans celles des Reynes,
On n'y pouuoit entrer, elles eſtoient ſi pleines,
Que fort ſouuent i'ay veu cômander aux Huiſſiers,
Qu'ils fiſſent tout ſortir, juſques aux Officiers.

LE CHEVALIER.
Il eſt vray que iamais la Cour ne fut plus belle.
LE BARON.
Ie n'ay point encor eu de paſſion pour elle;
Et ſi ie n'auois eu celle de voir le Roy,
Ie ſerois demeuré clos & couuert chez moy.
LE MARQVIS.
Ha! vous y fuſtes donc? I'en ſuis rauy ie jure.
LE BARON.
Moy, i'en ſuis bien fâché, Monſieur, ie vous aſſure.
LE CHEVALIER.
Bien fâché! Pourquoy dôc? c'eſt le lieu le plus beau.
LE BARON.
Ie voudrois n'eſtre point ſorty de mon Chaſteau:
Si ie refais iamais de ces rudes corvées,

LE BARON

LE MARQVIS.

Les Grottes du Canal n'estoient pas acheuées?

LE BARON.

Monsieur, ie n'ay rien veu dont ie sois satisfait.

LE MARQVIS.

Le Parterre du Tybre est encor imparfait.

LE BARON.

Pour bien voir ce Canal, ces Grottes, & ce Tybre,
Falloit-il pas auoir le corps & l'esprit libre?

LE MARQVIS.

Ne les auiez-vous pas?

LE BARON.

Non, i'estois arresté
Aussi bien que iamais criminel l'ait esté.

LE MARQVIS.

Ie ne vous entens point.

LE BARON.

C'est vn affront sensible
Qu'on m'a fait chez le Roy.

LE CHEVALIER.

Seroit-il bien possible!

LE BARON.

Mais ie m'en vengeray; car apres vn tel tour,
On ne me reuerra de ma vie à la Cour.

LE MARQVIS.

C'est assez s'en venger, elle y perdra sans doute.

LE BARON.

Enfin, quoy qu'il en soit, ie luy fais banqueroute.
I'allois pour voir le Roy, quand insensiblement
Ie connus que i'estois dans son apartement:
I'estois pour lors, ie croy, le plus propre de France,
Et ie puis dire aussi que i'auois fait dépense,
Car ma Terre en sauta; i'estois sur le bon bout,
Mais le maudit Rabat me coûta plus que tout;

I'en voulus auoir vn de ces Poincts de Venife,
La pefte, la mefchante & chere marchandife!
En mettant ce Rabat, ie mis (c'eft eftre fou)
Trente-deux bons arpens de Vignoble à mon cou.
Mais bafte, où i'eftois dôc, on faifoit fort la preffe;
Vne Porte s'ouuroit & fe fermoit fans ceffe;
Beaucoup de Gens entroient affez facilement;
I'en vis qu'on repouffoit auffi fort rudement:
Des Hômes fort bien faits affez haut fe nômerent,
Et quelque temps apres on ouurit, ils entrerent.
Ie crus donc que mon nom me feroit eftimer,
Et pour entrer comme eux, qu'il me falloit nômer:
Auffi-toft que i'eus dit, le Baron de la Craffe,
Tous ceux de deuant moy font d'abord volte-face,
L'vn à droit, l'autre à gauche, & tous fi preftement,
Qu'il fembla que mon nom fut vn cômandement.
Vn Baron, dit l'Huiffier; vn Baron! place, place,
A Monfieur le Baron; que l'on s'ouure, de grace:
L'on croyoit à la Cour les Barons trépaffez;
Mais pour la rareté du fait, dit-il, paffez.
Ie paffe, & cet Huiffier crie encor, place, place,
Meffieurs, de main en main, au Baron de la Craffe.
I'enrageois quand ie vis cent Hommes me gauffer,
Et que i'auois encore vne Porte à paffer;
Car chacun m'entouroit pour me couurir de hôte,
Comme l'on fait vn Ours quâd vn enfant le môte:
Mais comme ie me vis pres la Chambre du Roy,
(Car l'on m'auoit fait jour en fe moquant de moy)
Ennuyé de me voir baffoüé de la forte,
Ie cherchay le marteau pour fraper à la Porte,
Mais ie fus obligé (car ie n'en trouuay point)
De dôner feulement deux ou trois coups de poing.
L'Huiffier ouure auffi-toft, criant d'vne voix forte,
Qui diable eft l'infolent qui frape de la forte?

Ie n'ay pas frappé fort, luy dis-je, excusez-moy,
C'est le desir ardent qu'on a de voir le Roy.
Mais d'où diable estes-vous, pour estre si Novice,
Dit-il? De Pezenas, dis-je, à vostre seruice.
Hé bien, apprenez donc, Monsieur de Pezenas,
Qu'on gratte à cette porte, & qu'on n'y heurte pas.
Vous voulez voir le Roy? vous attendrez qu'il sorte,
Dit-il, & repoussa fort rudement sa porte.
Comme i'estois fort pres, ie fus si malheureux,
Qu'en fermant, il m'enferme vn costé de cheueux,
Ie ne le cele point, ma peur fut sans pareille,
Car la porte les prit rasibus de l'oreille:
I'eus beau pour les r'auoir me rendre ingénieux,
Iamais pour mon malheur porte ne joignit mieux;
Mais comme ie fus pris, la teste vn peu penchée,
Mon oreille à la porte estoit comme attachée:
Ainsi donc, malgré moy, ie feignois d'écouter,
Et ma feinte empeschoit que l'on s'en pût douter;
La porte par hazard, ou l'Huissier par malice,
Estoient les instrumens de ce nouueau suplice.

SCENE III.
MARIN, LE BARON, LE MARQVIS, LE CHEVALIER.

MARIN.

Monsieur, Iean dit côbien on tuëra de Poulets?

LE BARON.

Veux-tu parler bas? deux. Peste soit les Valets!

LE CHEVALIER.

A-t'on iamais parlé d'vn rencontre semblable?

LE BARON.

Le mal que ie souffrois estoit inconceuable:
Encor si c'eust esté des cheueux de la Cour,
I'aurois fort bien quitté la Perruque, ou le Tour;
Sans estre ainsi gesné, i'aurois leué la creste;
Mais, par malheur, c'estoit des cheueux de ma teste,
Fort épais & fort longs, & que pour mes pechez
Madame la Nature auoit trop attachez:
Mais comme ma douleur nuisoit fort à ma feinte,
Et que mon action paroissoit fort contrainte,
Tous ceux qui m'obseruoient jugerent bien, ie croy,
Qu'estant ainsi gesné, i'estois là malgré moy:
Aussi vis-je d'vn œil, (car i'estois pris de sorte,
Que l'autre ne pouuoit regarder que la Porte,)
Qu'vn certain Fanfaron rioit dans son mouchoir,
Et me marquoit du doigt pour mieux me faire voir.

LE MARQVIS.

Mais que fites-vous donc? L'auanture bizarre!

LE BARON.

Il arriue vn vieux Duc, qui crioit gare, gare,
Retirez-vous, dit-il, en s'adressant à moy,
L'on n'écoute iamais à la Porte du Roy.
Faites-la donc ouurir pour finir mon martyre,
Et pour plus de vingt ans, Monsieur, ie me retire,
Luy dis-je: Regardez si ie suis malheureux, (ueux;
Depuis plus d'vn quart d'heure on me tiẽt aux che-
C'est le diable d'Huissier, car ie sens qu'il les tire.
Le Duc me regardant, se prit si fort à rire,
Que ce fut le plus grand de mes étonnemens,
De voir que ce Vieillard pût rire si long-temps:
Chacun se relayoit pour me voir à son aise;
Douze Hómes reculoient, il s'en raprochoit seize;
Bref on me venoit voir comme on fait vn Encan,
Ou cóme vn malheureux qu'on a mis au Carquan.

A

LE CHEVALIER.
I'aurois, pour faire ouurir, reſtapé de plus belle.
LE BARON.
Ie le fis bien auſſi ; mais oüy, point de nouuelle.
LE MARQVIS.
Le Duc ne fit-il pas ouurir pour luy?
LE BARON.
Ma foy,
L'Huiſſier fut pour le Duc auſſi ſourd que pour moy.
Enfin dans mes tranſports de ma plus forte rage,
Ie ne pûs me reſoudre à ſouffrir dauantage;
Et pour me retirer d'vn eſtat malheureux,
Ie me coupay tout net ce coſté de cheueux.
Mais ſi-toſt qu'on me vit tondu de cette ſorte,
Et mes cheueux ſans moy demeurer à la Porte,
Le ris ſe redoubla, i'enfonçay mon chapeau,
Et ſortis en fuyant, le nez dans mon manteau.
LE MARQVIS.
Il y falloit creuer, l'affront eſt trop ſenſible.
LE BARON.
Et comment y creuer ? il eſtoit impoſſible.
LE CHEVALIER.
Il eſt vray qu'il falloit ſur l'heure vous venger.
LE BARON.
Auez-vous entrepris de me faire enrager?
LE MARQVIS.
Ie vous y veux ſeruir, & de la bonne ſorte.
LE BARON.
Contre qui me ſeruir, Monſieur? contre vne Porte?
LE MARQVIS.
L'ardeur de vous venger nous oſte la raiſon.
LE BARON.
Peut-eſtre que l'Huiſſier a fait la trahiſon:
Mais qui l'en conuaincra?

SCENE IV.

LE BARON, LE CHEVALIER, LE MARQVIS, MARIN.

MARIN.

Monsieur, on vous demande;
C'est vn Comedien.

LE BARON.

Parbieu voicy la Bande.

LE MARQVIS.

Dites Troupe; l'on dit Bande d'Egyptiens;
Et Bande offenseroit tous les Comediens.

LE BARON.

Il vient fort à propos, ce recit me chagrine.

LE MARQVIS.

Voicy ce grand Acteur.

A ij

SCENE V.

LE COMEDIEN, LE BARON, LE CHEVALIER, LE MARQVIS.

LE BARON.

IL a mauuaise mine.

LE COMEDIEN *au Marquis.*

La Comedie estant vn diuertissement,
Qu'vn Homme côme vous prend ordinairement...

LE MARQVIS.

C'est à vous qu'on en veut.

LE COMEDIEN *au Marquis.*

Ie vous demande excuse.

LE MARQVIS.

Va, ie t'excuse aussy.

LE COMEDIEN.

Le plus juste s'abuse.

au Cheualier.

La Comedie estant vn diuertissement,
Qu'vn Homme côme vous prend ordinairement...

LE CHEVALIER.

Tu te méprens, mon Cher.

LE COMEDIEN.

Et qui donc est le Maistre?

LE BARON.

C'est moy.

LE COMEDIEN.

Ie n'auois pas l'honneur de vous connaistre.
La Comedie estant vn diuertissement,
Qu'vn Homme tôme vous prend ordinairement,

Ie viens pour vous l'offrir dedãs son plus beau lustre.

LE MARQVIS.

Remarquez cet abord, c'est vn Acteur illustre;
Ce compliment là seul doit le mettre en credit.

LE BARON.

Il est étudié, mais il est fort bien dit.

LE COMEDIEN.

Etudié, Monsieur! Ie serois bien sterile;
Pour haranguer, ma foy, l'étude est inutile:
Ie harangue & ie prose assez facilement;
Ie n'ay iamais resvé pour faire vn compliment,
Et si i'ay harangué tous les plus grands de France.

LE BARON.

Il faut donc que cela te vienne de naissance.

LE MARQVIS.

C'est vn Original.

LE CHEVALIER.

Il est, ma foy, fort bon.

LE BARON.

Auez-vous pour la Farce vn excellent Bouffon?

LE COMEDIEN.

Oüy, tres-certainement, il l'est, & ie puis dire
Qu'il vaut bien de l'argent.

LE BARON,

Il nous fera bien rire.

LE COMEDIEN.

Oüy, vous le trouuerez à vostre goust, ie croy;
Mais ie dois en parler modestement.

LE MARQVIS.

C'est toy?

LE COMEDIEN.

Vous l'auez dit, Monsieur, vous me verrez paraistre,
Et ie vous plairay fort.

A iij

LE CHEVALIER.
Le ſot!
LE BARON.
         Es-tu le Maiſtre?
LE COMEDIEN.
Maiſtre! c'eſt vne erreur ; car enfin parmy nous
Nous n'auôs point de Maiſtre,&nous le ſômes tous.
Ie fais les Amoureux, les Affiches, i'anonce,
Mais pour le nom de Maiſtre il faut que i'y renonce.
Nous ſômes tous égaux, nous ne nous cedons rien.
LE MARQVIS.
Quoy, tu n'es pas le Chef?
LE COMEDIEN.
Non.
LE MARQVIS.
        Cela n'eſt pas bien.
LE COMEDIEN.
Pas trop; car tous les jours ie fais aſſez conneſtre,
Si ie ne le ſuis pas, que ie deurois bien l'eſtre;
Ie ferois bien joüer autrement qu'on ne fait,
Et toûjours l'Auditeur ſortiroit ſatisfait.
LE BARON.
Des Femmes, il en faut ; en auez-vous de belles?
LE COMEDIEN.
Monſieur, ie ſuis ſuſpect, ie ne puis parler d'elles;
Quand i'en dirois du bien, on ne m'en croiroit pas;
Mais vous verrez ce ſoir qu'elles ont des appas
Qui les feront toûjours paſſer pour aſſez belles.
LE BARON.
Auez-vous quantité de ces Pieces nouuelles?
LE COMEDIEN.
Quelles?
LE BARON.
L'Ageſilan de Colchos, l'auez-vous?

LE COMEDIEN.

Non, nous n'auôsqu'Eudoxe, & l'Hospital des Fous,
Messieurs; le Dom Quichot, l'Illusion Comique,
Argenis, Ibrahim, & l'Amour Tyrannique,
La Belle Esclaue, Orphée, Esther, Alcimedon,
Gustaphe, Sanche Panse, Erigone, Didon,
Alcionée, Osman, les Captifs, Zenobie,
Le Prince déguisé, Clorise, la Siluie,
Sophonisbe, Andromire, Agis, Coriolan,
Cleopatre, Quixaire, Eurimedon, Sejan,
L'Inconstance d'Hylas, Clarimonde, Penthée,
Telephonte, Arbiran, Laure persecutée,
L'Aueugle clairvoyant, Mirame, Darius,
Le Prince fugitif, Roxane, Arminius,
Roland le Furieux, Palene, Mithridate,
Dom Sanche d'Aragon, Melite, Tyridate....

LE MARQVIS.

En voila quantité.

LE BARON.

Messieurs, il les faut voir:
Les pouuez-vous pas bien joüer toutes ce soir?
I'entens l'vne apres l'autre, & non pas pesle-mesle.

LE COMEDIEN.

Oüyda, cela se peut, si le Diable s'en mesle.

LE BARON.

Mais tu n'as point nommé celle... où... foin... la..

LE COMEDIEN.

La Sœur?

LE BARON,

Non, c'est vne où l'on dit, Rodrigue as-tu du cœur?
Tout autre que mon Pere... Ha! morbieu qu'elle est

LE COMEDIEN. belle!

C'est le Cid, nous l'auons, elle n'est pas nouuelle:
Laquelle voulez-vous?

A iiij

LE BARON.

Celle que tu voudras.

LE COMEDIEN.

Vous n'auez qu'à choifir, il ne m'importe pas.
Ie vous en ay nommé quantité de fort belles.

LE MARQVIS *au Baron.*

Choififfez-la, Monfieur.

LE BARON.

Prenons des plus nouuelles.

LE MARQVIS.

De toutes celles-là, fi vous le trouuiez bon,
Ils reprefenteroient Dom Sanche d'Arragon;
Ie la trouue fort belle & fort diuertiffante.

LE BARON.

Il ne m'importe pas: Eft-elle fort plaifante?

LE COMEDIEN.

Non, Monfieur, le fujet en eft fort ferieux,
Et les Vers font fort beaux.

LE BARON.

I'en fuis rauy, tant mieux:
Mais apres donne-nous quelque chofe pour rire.

LE COMEDIEN.

Nous n'y manquerons pas, cela s'en va fans dire.

LE BARON.

Ne nous fais pas languir, car nous fommes preffez.
Eftes-vous tous icy?

LE COMEDIEN.

Oüy, Monfieur.

LE BARON.

C'eft affez.
Dépefchez.

LE COMEDIEN.

Nous allons commencer tout à l'heure;
Ie m'habille fort vifte.

LE MARQVIS.
Il est drôle, ie meure.

LE CHEVALIER.
Pour moy, ie croy qu'il a l'esprit vn peu gasté.

LE BARON.
Oüy, l'on l'a mal bouché, ie le trouue éuenté.

LE MARQVIS.
Et moy, ie croy qu'il l'a fort bon, quoy que l'on die;
Le bel employ qu'il a dedans la Comedie,
Se donne rarement à des Esprits mal faits;
Et nous serons de luy, ie croy, fort satisfaits.

LE CHEVALIER.
Vous fera-t'il Harangue ? il le doit.

LE BARON.
Prenons place;
Car puis qu'il me la doit, i'entens qu'il me la fasse.

LE MARQVIS.
Vrayment, il vous la doit.

LE BARON.
Il y pourroit manquer.
Hola, Comedien? il me faut haranguer.

LE COMEDIEN.
I'espere bien auoir cet honneur.

LE BARON.
Bon, commence.

LE COMEDIEN.
Messieurs les Violons, joüez donc en cadance.

A v

HARANGVE.

LE COMEDIEN.

MONSEIGNEVR,

Comme il est tres-difficile de faire vne Salade,
sans que quelqu'vn y trouue trop, ou trop peu
de quelque chose; de mesme la Harangue est
vn mets, dont l'assaisonnement n'est pas toûjours heureux. Le Potage trop mitonné deuient
boüillie, & la loüange trop exagerêe fait mal
au cœur. Il faut des Homeres pour des Achilles,
& des Plines pour des Trajans : mais tout ce
que ces sçauans Hommes ont dit de ces Heros,
ils l'auroient dit de Vous. Si bien, MON-
SEIGNEVR, que pour n'estre point prolixe,
on peut dire à vostre gloire de leur vie & de la
vostre, que c'est jus-vert & vert-jus. Dispen-
sez-moy donc, MONSEIGNEVR, de pro-
phaner vostre haut merite par la bassesse de mes
idées. Le nom du Baron de la Crasse s'est assez
fait connoistre à la Cour, & ie ne pourrois en

faire le Portrait fans le tirer aux cheueux; Il
n'appartient pas à tous les Vinaigriers de faire
de bonne Moutarde; c'est à dire, MONSEI-
GNEVR, que quelque douce que foit la Sy-
ringue, fi le Lauement est donné trop chaud,
il rejallit d'ordinaire fur celuy qui l'a pouffé.
Ie vous laiffe fur la bonne bouche, auffi eft-il
temps de finir, & de vous dire que nous fom-
mes de Voftre Grandeur, les tres-humbles, tres-
obeïffans, & tres-obligez Seruiteurs.

LE BARON.

Nous nous eftions trôpez, fa Harâgue eft fort belle,
Il a beaucoup d'efprit.

LE MARQVIS.

Elle eft affez nouuelle.

LE BARON.

Les cheueux m'ont choqué; ie le dis franchement;
Mais les comparaifons m'ont plû certainement.

LE MARQVIS.

Ie la trouue, ma foy, bien faite & bien penfée;
Elle eft nette, & n'eft point du tout embaraffée.

LE CHEVALIER.

Il a du jugement plus qu'on ne peut penfer.

SCENE DERNIERE.

VN AVTRE COMEDIEN, LE BARON, LE MARQVIS, LE CHEVALIER.

LE COMEDIEN.

MOnſieur, de plus d'vne heure on ne peut com-
　　mencer,
Car vn de nos Acteurs eſt demeuré derriere:
S'il vous plaiſt, on joüera la Farce la premiere,
Il n'en eſt pas.

LE BARON.
　　　Oüyda, comment l'appellez-vous.
Cette Farce?

LE COMEDIEN.
Zig-Zag.

LE MARQVIS.
　　　　　Tu te mocques de nous,
Zig-Zag?

LE COMEDIEN.
Oüy, c'eſt ſon nom.

LE MARQVIS.
　　　　　C'eſt vne raillerie.

LE BARON.
Zig-Zag ſoit, voyons donc ce Zig-Zag, ie vous prie,

LE COMEDIEN.
Tout à l'heure, Monſieur.

LE BARON.

Zig-Zag nous fuffira.

LE COMEDIEN.

Seyez-vous donc, Messieurs, & l'on commencera.

Fin de la Comedie du Baron
de la Crasse.

LE ZIGZAG.

LE
ZIG-ZAG,

PETITE COMEDIE.

ACTEVRS.

ISABELLE, Amoureuſe d'Octaue.

LEONOR, Mere d'Iſabelle.

CATIN, Seruante de Leonor, Amoureuſe de Criſpin.

OCTAVE, Amant d'Iſabelle.

CRISPIN, Valet d'Octaue, Amoureux d'Iſabelle.

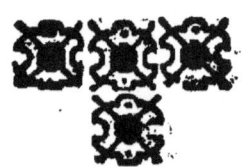

LE
ZIG-ZAG,
PETITE COMEDIE.

SCENE PREMIERE.

CATIN.

Y Alon, y alon, Godeluriau,
Iour de Dieu ie le trouuon biau
Ce Crispin, il a dequoy frire,
Et si ie l'auron, c'est tout dire.
Qui m'a donné ce sot bastié?
Dieble soit le gallefretié;
Y croyet par son biau langage
M'auoit peut-estre en mariage:
l'aime trop mon pauure Crispin.
Vn jour il me diset, Catin,
Ma mignonne, que ie te baise:
Ce pauure garçon fut plus aise,
Car ie le laissy faire vn peu;
l'estiens plus rouge que du feu.

Y diſoit, découure ta gorge;
Non feray, dis-je, par Saint George,
Ie ne la découuriray pas.
Il ſe pâmoiſy dans mes bras
Dés que ie lâchy la parole:
Ie pleury, i'eſtois pis que fole;
Y tombit tout plat contre moy,
Auſſi froid que ie ne ſçay quoy.
Que fis-je? ie pris ma jambette,
Et luy coupy ſon éguillette,
Il eut creué dans ſes paneaux:
I'oſty de ſes doigts ſes anneaux,
Et luy fy boire du vinaigre;
Par bonheur c'eſtoit vn jour maigre,
I'en faiſien cuire du poiſſon.
D'abord ce malheureux garçon
Se releuy plus droit qu'vn Cierge,
Et plus blanc que la Cire Vierge,
Enfin tout comme vn trépaſſé.
S'il auoit eſté mon Fiancé,
Comme il le ſera, Dieble emporte,
On eut marmuré, mais n'importe,
On en eut dit ce qu'on eut dit,
Ie l'aurois bouté dans mon lit.
Y vient, y me charche, ie gage,
I'ay ſeulement veu ſon viſage,
Le ſang me tribouille par tout,
Ie l'aime tout de bout en bout,
C'eſt folie à moy de le taire.

SCENE II.
CRISPIN, CATIN.

CRISPIN.

MOy! i'aime Ifabelle, & i'efpere
Qu'elle me donnera fon cœur!
Il m'en arriuera malheur.

CATIN.

Ce pauure cœur, qu'il eft aimable!
Mais voyez qu'il eft agreable!
Mon fanfan, ie fongeois à toy.

CRISPIN.

Veux-tu m'obliger? laiffe-moy,
I'ay des affaires dans la tefte.

CATIN.

Tredame, Crifpin, es-tu befte?
C'eft ta Catin qui parle à toy.

CRISPIN.

Mais encore vn coup laiffe-moy.

CATIN.

Mais qu'as-tu donc, chien de voirie?

CRISPIN.

Mais rentre chez toy, ie te prie,

CATIN.

C'eft tout de bon qu'il eft fâché:
Sur quelle herbe as-tu donc marché?
Apprens-le moy, ne te déplaife.

CRISPIN.

C'eft fur la bonne ou la mauuaife,

Mais ne t'enquefte pas furquoy,
Et cherche qui voudra de toy.
CATIN.
Veux-tu rire? que veux-tu dire?
CRISPIN.
Non, ma foy, ie ne veux pas rire,
Car i'en aime vne autre que toy.
CATIN.
Tu me tiens ce difcours à moy!
Qui grondois tout à l'heure encore
Vn Gentishomme qui m'adore,
Qui me difoit, ie te ferois
Damoifelle, fi tu voulois
N'aimer plus Crifpin. Ce langage
M'a mife en vne telle rage
Contre luy, qu'il eft affeuré
Que ie l'aurois défiguré.
CRISPIN.
Qu'il te cajole, qu'il te baife,
Qu'il t'époufe, i'en fuis fort aife.
CATIN.
Mercy-Dieu, tu n'es qu'vn maraut,
Ie fuis ta Femme, ou peu s'en faut:
Tu me prens donc pour vne Idole?
M'as-tu pas donné ta parole?
CRISPIN.
Oüy, ie te la donnay jadis,
Mais à prefent ie me dédis.
CATIN.
Quoy! c'eft Lundy nos Accordailles,
Et Dimanche nos Epourailles,
Iour de Dieu, tu te dédiras!
Non feras, ma foy, non feras;
Car auant que le jour s'écoule,

Nous en ferons peter la goule
Peut-eſtre à Monſieur l'Aduocat.
Cent Diebles qu'il eſt délicat ! *Elle pleure.*
Pourquoy ſuis-je ſi malheureuſe
De l'aimer?

CRISPIN.
La laide pleureuſe!
Que tu pleure vilainement!

ISABELLE *à la feneſtre.*
Catin.

CATIN.
I'y vais dans vn moment.

CRISPIN *à Catin.*
Va-t'en, i'attens icy mon Maiſtre.

ISABELLE *à la feneſtre.*
Catin.

CRISPIN *à Catin.*
Va, ie le voy paraiſtre.
Iſabelle a mon cœur.

SCENE III.
OCTAVE, CRISPIN.
OCTAVE.

SErs-moy,
Cher Criſpin, i'ay beſoin de toy;
Tu connois aſſez Iſabelle?

CRISPIN.
Que trop, helas!

OCTAVE.
Ie meurs pour elle.

LE ZIG-ZAG,

CRISPIN.

Et pour moy, Monſieur, ie ſuis mort.

OCTAVE.

Qu'eſt-ce qui te ſurprend ſi fort?

CRISPIN.

Vne tres-fâcheuſe nouuelle;
C'eſt que vous aimez Iſabelle;
Et ce qui fait mon plus grand mal,
Monſieur, vous auez vn Riual.

OCTAVE.

Oüy, ie ſçay qu'vn certain Valere,
Inconnu d'elle & de ſa Mere,
Arriue ce ſoir, & demain
Qu'elle luy doit donner la main:
Mais ſi ce Riual ne ſuccombe....

CRISPIN.

Monſieur, ſoûtenez-moy, ie tombe.

OCTAVE.

Ce changement eſt inoüy.

CRISPIN.

Monſieur, ie ſuis éuanoüy,
Ne me quittez pas, ie vous prie.

OCTAVE.

Ce coquin, comme diable il crie!

CRISPIN.

Ah! ie ſuis mort, ſoutenez-moy.

OCTAVE.

Ie te lâcheray, par ma foy.

CRISPIN.

Diable, ne ſoyez pas ſi beſte,
Vous me feriez caſſer la teſte:
Attendez, ie vais reuenir.

OCTAVE.

Ie ne te puis plus ſoûtenir.

Tiens-toy, tu peſes comme vn Diable.

CRISPIN.

Que vous eſtes impitoyable!
Auoir vn Maiſtre pour Riual!

OCTAVE.

D'où diable peut venir ton mal?

CRISPIN.

Monſieur, c'eſt que ie m'intereſſe
Pour vous pres de voſtre Maiſtreſſe;
Ce Riual m'a fort affligé.

OCTAVE.

Ah! ie te ſuis trop obligé:
Mais ſçachant qu'Iſabelle m'aime
Plus qu'elle ne s'aime elle-méme,
Tu peux aiſément aujourd'huy
Me ſeruir & paſſer pour luy.

CRISPIN.

Pour qui pour luy?

OCTAVE.

Pour ce Valere.

CRISPIN _bas._

Ha! morbleu, l'admirable affaire!
Feignons.... Mais, Monſieur, le moyen?
Ay-je ſa mine? ay-je ſon bien?
Pourquoy moy paſſer pour Valere?

OCTAVE.

Afin de dégouſter la Mere,
On ſera fort mal ſatisfait,
Voyant vn Homme ſi mal fait,
Car ta mine ſera fort bonne....

CRISPIN.

Hé! Monſieur, n'offenſons perſonne,
Sans voſtre perruque, ma foy,
Vous ſeriez auſſi laid que moy.

OCTAVE.

Ne te mets donc point en colere,
Et va paſſer pour ce Valere;
Habille-toy biſarement,
Et fais quelque ſot compliment.
Tu diras qu'Horace ton Pere....
Mais ie t'inſtruiray de l'affaire
Autrepart; ſonge ſeulement
A déplaire effroyablement.

CRISPIN *bas.*

Quelque ſot.

OCTAVE.

Tu ris que ie penſe?

CRISPIN.

Non, i'étudie vne inſolence
Afin de me faire haïr. *bas.*
Oüyda, ie m'en vais t'obeïr.
Mais comment paſſer pour Valere,
Si ie n'ay des Lettres du Pere?

OCTAVE.

Tu diras qu'auprés de Paris
On t'a volé, on t'a tout pris.
La fourbe eſt bien imaginée.

CRISPIN.

Mais elle ſera bien menée. *bas.*
Puis-je ſouhaiter plus de jour
Pour reüſſir dans mon amour!

OCTAVE.

Comme ie doute que la Mere,
Sans force argent me conſidere,
Ie te veux encore choiſir
Pour me faire vn petit plaiſir,
Car ce n'eſt qu'vne bagatelle:
Il ne te faut rien qu'vn échelle,

Vne bonne hache, & ie croy
Que tu feras parler de toy :
Nous sommes mal auec mon Pere,
Mais pour meriter sa colere,
Et pour mieux nous en consoler,
C'est, Crispin, qu'il le faut voler :
Tu feras le coup de la sorte,
La hache enfoncera la porte,
Et puis apres le Cabinet,
Qu'il faudra que tu rendes net;
Mais prens au moins sur toute chose
Vn sac où son tresor repose.

CRISPIN.

Monsieur, qu'on me casse les os,
Si ie vais troubler son repos :
C'est donc là cette bagatelle?
Il ne te faut rien qu'vne eschelle,
Vne bonne hache, & ie croy
Que tu feras parler de toy.
Voila justement la peinture
D'vne Potence en migniature;
Ou pour parler tout de bon,
Le grand chemin de Montfaucon,
Quelque sot s'iroit faire pendre :
Monsieur, pour vous le faire entendre,
Si vous ne l'auez entendu,
Ie n'ay iamais esté pendu,
Ny n'ay d'empressement pour l'estre;
Ie sçay que vous estes mon Maistre,
Mais quand il y va du gibet,
Monsieur, ie suis vostre valet.

OCTAVE.

Hé quoy! pour me rendre vn seruice
Qui seroit tout plein de justice;

B

Car dy-moy, n'est-ce pas ton bien?

CRISPIN.

Ma foy ie n'y demande rien.

OCTAVE.

Vien, Crispin, pour me satisfaire,
Nous ferons ensemble l'affaire.

CRISPIN.

Ha! non, vous la ferez sans moy.

OCTAVE.

Tu n'y viendras pas?

CRISPIN.

         Non ma foy;
Ie serois Homme à l'entreprendre,
Mais ie n'ose me faire pendre,
Ce n'est que cela qui me tient.

OCTAVE.

Que cela! si le Diable y vient,
Quand tu serois à la potence...

CRISPIN.

Ie n'iray pas si haut, ie pense.

OCTAVE.

Ie t'en tirerois mort ou vif.

CRISPIN.

Parbieu, ie vous trouue naïf!
Voyez-vous l'offre d'importance,
De me tirer de la Potence.
Apres qu'on m'auroit étranglé.
Quel seruice! **OCTAVE.**

         Pauure aueuglé!
Combien sçay-je de Valets, traistre,
Qui voudroient mourir pour leur Maistre,
Dessus la rouë, ou dans le feu!

CRISPIN.

Par ma foy, i'en connois fort peu.

COMEDIE.

OCTAVE.

Quoy? Crispin est si peu sensible?
Ie le prie, il est inflexible?
Ha! pourquoy m'y suis-je attendu?

CRISPIN.

Ie ne puis pas estre pendu.

OCTAVE.

Mais au moins fais icy paraistre
L'amour que tu dois à ton Maistre; *Il s'age-*
Peux-tu me voir à tes genoux? *noüille.*

CRISPIN.

Monsieur, Monsieur, que faites-vous?
Me voila par mon chien de tendre
Resolu de me faire pendre.

OCTAVE.

Vien donc, ie marche deuant toy.

CRISPIN.

Ie vous suis. Priez Dieu pour moy.

OCTAVE.

Quelqu'vn sort, que faisois-tu? rentre.

CRISPIN.

Ie me mettois du cœur au ventre.

SCENE IV.

LEONOR, ISABELLE, CATIN.

LEONOR.

IL m'éuite, il a bien raison,
Ie luy defendis ma maison;
Et tu dis qu'il y vient encore?

ISABELLE.

Oüy, pour me dire qu'il m'adore,
Qu'il se donne à moy.

LEONOR.

Le beau don!

ISABELLE.

Mais, Maman, considéré don...

LEONOR.

Mais i'ay considéré, ma Fille,
Ie veux enrichir ma famille;
Car sans le bien, tous les appas
Ie ne les considere pas.
Comme tu le vois jeune & braue,
Tu l'estime fort cét Octaue:
Moy, comme ie le voy sans bien,
Ie l'estime encor moins que rien.
Valere est fort riche, & i'espere,
S'il vient aujourd'huy....

ISABELLE.

Mais ma Mere...

LEONOR.

Mais, ma Fille, ne dites mot;
Ce Valere n'est pas vn sot,
Et ie sçay ce que ie dois faire.

CATIN.

A-t'il bonne mine, Valere?

LEONOR.

Que t'importe comme il soit fait?
Puis qu'il a du bien, c'est son fait.
Voyez la plaisante Coquine:
Il te faut de la bonne mine!
Vn magot, vn monstre à present,
Est fort beau s'il a de l'argent:

Quelle mine auoit ton Yurogne,
Ton chien de Mary, dy Carogne,
Il estoit laid, & n'auoit rien;
T'a-t'il pas laissé force bien?

CATIN.

Quoy! ie n'estiens pas à nostre aise?
I'auiesme le faudeüil, la chaise,
Le lit tout garny, les ridiaux,
La paire de chenets fort biaux,
Et le tapy vard sur la table.

LEONOR.

Qui, toy?   CATIN.

        Rien n'est plus veritable;
Le chaudron, le gril, le réchaud,
I'estiesme meublez comme il faut,
I'auiesme tousiours les Dimanches
Que Dieu fit, l'espaule, ou l'esclanche
A soupper.

LEONOR.

        Le moindre discours
La va faire parler deux jours.

CATIN.

Ie n'engendrins point de tristesse,
Vestuë comme vne Princesse;
Car i'auiesme tousiours sur nous
Cotte dessus, cotte dessous,
Et la robbe de florandaine;
L'Hyuer la juppe de rataine,
L'éguille d'or, la parle au bout;
Bref i'estiesme honorez par tout,
Et le seriens sans vne somme
Que presty defunt mon pauure homme;
Ce malheureux presty vingt francs,
Comme s'il eust presté trois blancs:

B iij

L'emprunteux nous fit banqueroute;
Dieu fçait fi tout fut en déroute;
Depuis noftre ménage & nous
Tout ally fans deffus deffous;
l'auiefme emprunté, faly randre,
l'auiefme acheté, faiy vandre;
Bref, enfin final, tout fauty,
Dieu fçait fi cela nous couty.

LEONOR.

Te tairas-tu?　　CATIN.

　　　　　Mais vne Fille,
Comme elle eft & jeune & gentille,
Vous croyez qu'elle époufera
Vn baftié qui luy déplaira,
Qui viendra d'vne fale lippe
Luy baifer......

LEONOR.

　　　Taifez-vous, guenippe,

CATIN.

Mais auffi n'ay-je pas raifon?

LEONOR.

Mais taifez-vous, Dame Alizon.

CATIN.

Voyez les biaux noms qu'on nous donne!

LEONOR.

Voyez la petite mignonne!

CATIN.

Tredame, mignonne & mignon.

LEONOR,

Ma foy, fi ie prens ton tignon,
Crois que ie te feray bien taire.
Songe à bien receuoir Valere, *à Ifabelle.*
Non pas vn batteur de paué;
Ie vais voir s'il eft arriué;

Poudre-toy, mets-toy quelques mouches,
Et loin de faire la farouche,
Tâche à luy plaire, car demain
Il faudra luy donner la main.

SCENE V.

ISABELLE, CATIN.

CATIN.

MAis il faut donc que ce Valere
Ait enforcelé voftre Mere?
Qüoy! ce foir il arriuera?

ISABELLE.

Et demain il m'époufera.

CATIN.

Oüy, c'eft pour luy, l'on luy fricaffe,
Ie luy ferois laide grimace.
Quoy! fans fçauoir fi l'inconnu
Eft laid ou beau, gros ou menu,
Si fa mine eft bonne ou mauuaife,
Qu'il vous plaife, ou qu'il vous déplaife,
S'il arriüoit dés aujourd'huy,
Vous coucheriez auecque luy?

ISABELLE.

Helas! il le faudroit bien faire,
Ou defobeïr à ma Mere.

CATIN.

Defobeïffez hardiment,
Si vous auez vn autre Amant
Que vous aimiez.

B iiij

ISABELLE.

l'adore Octaue,
Il eſt jeune, galand & braue.

CATIN.

Ha! Madame, il cherche à vous voir,
Il a paſſé dix fois ce ſoir
Coup ſur coup ſous noſtre feneſtre,
Il vouloit vous parler peut-eſtre.

ISABELLE.

Ha! Catin, ie perds tout eſpoir,
Il ne peut plus me venir voir,
Ny ne peut en mes mains remettre
Le moindre petit mot de Lettre;
Car l'on m'eſpionne en tous lieux,
L'on obſerue juſqu'à mes yeux,
Il a cent choſes à m'écrire,
Et i'en ay cent mille à luy dire;
Il a beaucoup d'amour pour moy,
Il a mon cœur, il a ma foy;
Mais helas! s'il n'a de l'adreſſe,
Il n'a rien, il perd ſa Maiſtreſſe,
Et demain nous ſommes tous deux
Les Amans les plus malheureux......

CATIN.

Madame, ie le voy pareſtre.

ISABELLE.

Allons le voir de la feneſtre.

CATIN.

Voſtre Mere luy parle auſſi.
Ils approchent, ſortons d'icy.

SCENE VI.
LEONOR, OCTAVE.

LEONOR.

Quoy, Monsieur, ma Fille vous aime!
Pour vous son amour est extréme?

OCTAVE.

Oüy, Madame, elle m'aime bien.

LEONOR.

Vous le dites, ie n'en crois rien,
Ny mesme ie n'en veux rien croire :
Vrayment i'aurois bien de la gloire
De défaire ce que i'ay fait!
Valere est vn Homme parfait;
Qu'il plaise ou déplaise à ma Fille,
Il honorera ma famille,
Il a pour moy beaucoup d'appas.

OCTAVE.

Mais vous ne le connoissez pas.

LEONOR.

C'est le Fils vnique d'Horace;
Ioint qu'il sort d'vne noble race.
Son Pere dit qu'il est bien fait,
Et qu'on en sera satisfait.
Bref, Monsieur, ie suis pour Valere.

OCTAVE.

Deuez-vous en croire son Pere?

LEONOR.

Enfin, Monsieur, i'en ay juré,
Valere sera preferé.

B v

OCTAVE.

C'eſt que vous ignorez peut-eſtre
Qui ie ſuis.

LEONOR.

Ie vous ay veu naiſtre;
Et voſtre Pere, que ie croy,
Ne vous connoiſt pas mieux que moy.

OCTAVE.

Madame, ie ſuis Gentilhomme.

LEONOR.

Oüy, mais vous n'eſtes pas mon Homme,
Voſtre Pere a beaucoup de bien;
Mais ie ſçay que vous n'auez rien:
De plus, ma parole eſt donnée
A Valere, & cette journée
Ie penſe qu'il arriuera,
Et ma Fille l'épouſera.

OCTAVE.

Mais,...

LEONOR.

C'eſt abus, Monſieur Octaue;
Ie ſçay que vous eſtes fort braue:
Auſſi, ſoit-dit entre nous deux,
Ie ſçay que vous eſtes fort gueux,
Fort fourbe.

OCTAVE.

Fourbe!

LEONOR.

Fourbiſſime,

OCTAVE.

Vous m'auez en mauuaiſe eſtime,

LEONOR.

Enfin vous eſtes indigent,
Mais ce n'eſt que faute d'argent.

OCTAVE.

Mais au moins laiſſez-moy vous dire…

LEONOR.

Vous n'auez pas le mot pour rire,
C'eſt vn abus.

OCTAVE.

C'eſt vn abus!
Regardez tous ces Iacobus.
Viſte, ce moment eſt propice, *bas.*
Mon Zig-Zag fera ſon office;
Ce mot de Lettre mis au bout *Iſabelle à la*
Inſtruit Iſabelle de tout. *feneſtre reçoit*

LEONOR *bas.* *la Lettre.*

Qu'ay-je fait?

OCTAVE.

Que voulez-vous dire?
N'eſt-ce pas là le mot pour rire?
Mais quoy! vous m'auez en horreur!

LEONOR.

Moy! i'ay pour vous toute l'ardeur…

OCTAVE.

Valere n'a point cette ſomme.

LEONOR.

Vous eſtes vn fort honneſte Homme,
Vous eſtes bien noble, bien fait.

OCTAVE *à part.*

Les Iacobus font leur effet.

LEONOR.

Mais quoy! i'ay promis à Valere;
S'il vient, ie ne m'en puis défaire:
Allons conſulter entre nous
Ce qui ſe peut faire pour vous.

SCENE VII.
ISABELLE *seule.*

IE n'auois osé me promettre
De receuoir ce mot de Lettre:
Ouurons-le, son inuention
Est digne d'admiration.

LETTRE.

ISABELLE lit.

Tu peux obeïr à ta Mere,
Et fort bien receuoir Valere,
Sans craindre que i'en sois jaloux:
Mon Valet fera ce Valere,
Réjoüy t'en, c'est vn mystere
Qui me va faire ton Epoux.

Il fera des extrauagances
Pour se faire haïr de toy;
Mais c'est l'ordre qu'il a de moy.
Que toutes ses impertinences
Fassent ton diuertissement,
　　　OCTAVE, ton fidele Amant.

SCENE VIII.

CATIN, ISABELLE.

CATIN.

MAdame, voicy ce Valere,
Il a salué voſtre Mere.
Iour de Dieu, c'eſt vn laid Mâtin:
Dieble ſoit le fils de Putain.
I'épouſerois plutoſt vn Monſtre,
Que ce viſage à cracher contre:
Octaue, ſans droict ny pouuoir,
Vouloit m'empeſcher de le voir.

ISABELLE *bas.*

Ie ne puis me tenir de rire.

CATIN.

Il ne pouuoit pas eſtre pire.

ISABELLE.

Parle-t'il? a de l'eſprit?

CATIN.

Oüyda, l'on ne ſçait ce qu'il dit;
Il bredoüille auec tant de peine.
Mais voſtre Mere vous l'ameine:
Voyez-le vn peu, qu'en dites-vous?

SCENE IX.

LEONOR, CRISPIN, CATIN, ISABELLE.

LEONOR à *Isabelle*.

Voy-tu cet effroyable Epoux?
Que t'en semble? c'est ce Valere.

ISABELLE.

I'en suis satisfaite, ma Mere.

LEONOR.

En peut-on voir vn plus mal fait?

CRISPIN à *Isabelle*.

Veritablement...... en effet....
Il faut auoüer.... tant de charmes.....
Sur mon honneur.... ie rens les armes,
Et mon Pere.... effectiuement....
Certes....　LEONOR.

　　　Monsieur, sans compliment.

CRISPIN.

Et pourquoy, puis que i'en sçay faire?
De grace, ma future Mere,
Nous auons appris à la Cour
Le bel air de faire l'amour.

CATIN.

Mais où diable auez-vous pû prendre
Ce sot homme pour voftre Gendre,
Auec ses crotesques appas?

LEONOR.

Il ne le sera ma foy, pas,
Tu n'auras pas vn si sot Maistre,
Tu vas voir.　　　　　*Elle rentre,*

ISABELLE à *Crispin.*

Vous voyant paraistre,
J'ay senty de l'émotion.

Crispin, tandis qu'Isabelle le cajole, fait de
profondes reuerences, & fait semblant de
luy répondre en parlant entre ses dents,
par vn bourdonnement ridicule, sans
articuler aucune parole.

ISABELLE *continuë.*

Ie suis dans l'admiration
A vostre aspect, & tant de charmes
Me font presque rendre les armes;
Ie crains que vous ne m'aimiez pas,
Et que de si foibles appas
Ne me puissent gagner vostre ame.

CRISPIN.

Vous vous moquez de moy, Madame.

ISABELLE.

Ie souffre de rudes accés,
Car ie vous aime auec excés.

Crispin continuë ses grimaces, son bourdon-
nement, & ses reuerences.

J'adorois vn certain Octaue,
Fort bien fait, fort jeune, & fort braue,
Mais, Valere, pour son malheur,
Vous l'auez chassé de mon cœur.
Oüy, vous auez toute ma flame,
Vous estes maistre de mon ame;
Si vous ne trouuez des appas,
Pourquoy ne me parlez-vous pas?

CATIN.

Ie croy qu'il s'est mis dans la teste,
Qu'vn Galant doit estre vne Beste.

ISABELLE.

Pourray-je gagner voftre cœur?

CRISPIN.

Ah! ie fuis voftre feruiteur.

ISABELLE.

Vous auez, ie le dis encore,
Vn ie ne fçay quoy que i'adore.

CATIN *le contrefaifant.*

Ne diriez-vous pas d'vn Pourceau
Qui mange du fon dans de l'eau?
Dieble foit l'amoureux, i'enrage;
Mais i'ay veu ce chien de vifage
Quelque part, ie ne puis dire où;
Il a de l'air d'vn certain fou.....
Mais non, c'eft Crifpin, c'eft luy-méme.

ISABELLE.

Enfin mon amour eft extréme.

CRISPIN *luy voulant toucher le fein.*

Et le mien eft fort violent.
Pour m'affeurer donc.....

ISABELLE *luy donnant vn fouflet.*

Infolent.

Pour vous affeurer ma perfonne,
Voila des erres que ie donne. *Elle rentre.*

CATIN.

Cent dieble! quel moule de gant!
Iour de Dieu le plaifant Galant!
Il croit l'époufer le traiftre.
Feignons de ne le pas connaiftre.
Monfieur, vous perdez fes appas. *Catin fe mo-*
quant de luy, imite le bourdonnement & les
grimaces qu'il a faites deuant Ifabelle.

CRISPIN.

Ie n'en pleureray, ma foy, pas.

D'abord tu m'as paru plus belle,
Plus jeune, & plus aimable qu'elle:
Mais dy-moy, m'aimerois-tu bien?
Mon cœur, tu ne me répons rien?
Ie t'aime de la bonne forte,
Ma chere, ou le Diable m'emporte.
Mais répons-moy donc, mon cher cœur?

CATIN.
Vous vous moquez de moy, Monfieur.

CRISPIN.
C'eft tout de bon que ie foûpire
Pour toy.   CATIN.
                Cela vous plaift à dire.

CRISPIN.
Ne te moques donc pas de moy:
Tu me contrefais, mais ma foy
Pour toy ma flame eft violente.

CATIN.
Ah ! ie fuis fort voftre feruante.

CRISPIN.
Que diable ! parle franchement,
Suis-je pas ton fidel Amant?
Ta Maiftreffe eft allée aux peautres,
Ie m'en ris, i'en ay bien veu d'autres.

CATIN chante.
I'en auon bien veu d'autres,
Colin & mé, Colin & mé;
I'en auon bien veu d'autres,
Mé & Colin.   CRISPIN.
Ton diable de chant m'étourdit:
Mais écoute donc ce qu'on dit.

CATIN chante.
On dit que la groffe Marthe,
En reuenant de Montmarte,

LE ZIG-ZAG,

En allant à Clignancour,
Elle est cheute à la renuarse,
Qu'en dis-tu, Iean de Niuelle,
C'est qu'elle a les talons courts.

CRISPIN.

Ie dois estre encor ton intime,
Car i'ay pour toy toute l'estime....

CATIN chante.

Et vous ne nous zeste, zeste, & zeste,
Et vous ne nous estimez pas tant.

CRISPIN.

Si tu n'aimois, i'aurois sujet
De charmer, hors toy nul objet....

CATIN chante.

Nul objet ne me retient,
Ie prens le temps comme il vient.

CRISPIN.

Ie voy qu'à present tu me railles;
Mais hyer venant de Versailles....

CATIN chante.

Venant de Versailles,
Ie vis vn Berge;
Qui tenoit vne Caille,
Et la faisoit chanté,   Catin danse.
Baise-moy Iuliane, Iean Iulian ie ne puis,
L'amour de Iuliane me fera mourir.

CRISPIN.

Chante donc tout ton chien de fou,
Ie m'en vais, ie serois bien fou,
De voir....

CATIN se jette sur Crispin.

Ie ne chante plus, traistre.

SCENE DERNIERE.

OCTAVE, LEONOR, ISABELLE, CRISPIN, CATIN.

OCTAVE.

LE Coquin a trahy ſon Maiſtre,
Aſſomme, aſſomme-le, Catin.

CRISPIN *à genoux.*

Pardonnez au pauure Criſpin.

OCTAVE.

Non, Coquin, ie te feray pendre,

LEONOR.

Tu voulois donc eſtre mon Gendre?

ISABELLE.

Ah! pardonnez-luy tout, ſans luy
Ie ne ſerois pas aujourd'huy
La Femme d'vn Homme que i'aime.

OCTAVE *à Criſpin.*

Leue-toy, ma joye eſt extréme:
Madame, obtiendray-je en ce jour *à Leonor,*
L'vnique objet de mon amour?

LEONOR.

Le vol que vous venez de faire,
Vous a rendu l'amour d'vn Pere;
Et ie veux paroiſtre aujourd'huy
Auſſi raiſonnable que luy:
Puis que maintenant il vous donne
Tout ſon bien, & qu'il vous pardonne,

Ma Fille eſt à vous cette fois,
Valere ne l'aura iamais,
Et ce ſera ſa penitence,
Que merite ſa negligence.

OCTAVE.

Quel plaiſir d'eſtre voſtre Epoux!

ISABELLE.

Le Ciel me deſtinoit pour vous.

CATIN.

Et moy, jour de Dieu, que feray-je!
Conſeillé-moy, me mariray-je!

LEONOR.

Ie l'entens bien ainſi, Catin.

CATIN *à Criſpin*.

M'aimes-tu, traiſtre de Criſpin?

CRISPIN.

Oüy, Catin, de route mon ame.

CATIN.

Touche donc là, ie ſuis ta Femme.

CRISPIN.

Et ie ſuis ton Mary, Catin.

LE BARON *ſe leuant*.

Et moy ie paye le Feſtin:
Mais ſur tout que ie ſois auprès de cette Belle
Lors que nous mangerons, i'ay du tendre pour elle,
Elle aura cet habit, n'en ſoyez point jaloux:
Allons, deux jours entiers ie vous regale tous.

FIN.

AV ROY.

A Ceux qui fe meflent d'écrire,
On dit que vous donnez dequoy;
Cependant ie m'en mefle, SIRE,
Et vous ne fongez pas à moy:
Me ferez-vous paffer pour bufe?
Souuent les Enfans de ma Mufe,
Par d'heureux cas fortuits, vous ont def-ennuyé.
Ha! SIRE, que voftre fuffrage,
De ma veine tremblante eut enflé le courage,
Si vous ne m'euffiez oublié.

Vous diuertir, eft vne chofe
Qui me doit rendre affez content:
Pluft à Dieu que la Belle-Roze
Prift cela pour argent comptant;
Mais mille francs, ce mot m'affomme,
SIRE, c'eft la fafcheufe fomme,
Que d'année en année elle tire de moy:
I'en ay le cœur gros, l'ame trifte,
Voyez fi i'ay befoin d'eftre mis fur la lifte,
Ie vous en fais Iuge, GRAND ROY.

Oüy, SIRE, donner tous les ans
Mille francs à la Belle-Roze,
C'eſt trop pour moy, i'ay ſix Enfans;
Grand ROY, donnez-en quelque choſe:
Ie ne ſçay pas comme ma main
Mit mon nom ſur ce parchemin;
Ie ne pourray iamais plus cherement écrire:
Mille liures par an! i'auois perdu l'eſprit:
Ha! n'eſtoit que mes Vers vous ont diuerty, SIRE,
Ie ſouhaiterois bien n'auoir iamais écrit.

Quand ie mis la main à la plume
Pour grifonner ces maudits traits,
La Belle-Roze auoit vn rhume
Qu'elle auoit fait venir exprés.
Qui l'auroit crû, SIRE? ie ſigne
Sur la bonne-foy de ſa mine,
Qui dans ſept ou huit jours promettoit ſon trépas.
C'eſtoit ma flateuſe eſperance:
Mais, SIRE, elle & le rhume eſtoient d'intelligence,
La traiſtreſſe n'en mourut pas.

Oüy, SIRE, i'en ſus affronté,
Ses douleurs n'eſtoient pas mortelles;
Elle eſt en parfaite ſanté,
I'en ay de trop ſeures nouuelles:
De trois mois en trois mois, ie vois vn Païſan,
Qui me croit quelque Partiſan,
M'apporter vn receu de l'argent que ie donne;
Et noſtre Hoſtel eſtant de ſi peu de rapport,
C'eſt bien, SIRE, Dieu me pardonne,
De trois mois en trois mois, luy ſouhaiter la mort.

Le moyen de ne pas pecher
Dans vne ſi fâcheuſe affai···
Vous ſeul pouuez m'en ··· ···her,
Dieu vous oblige de le ·
Pourtant, SIRE, ie ne v·
Iuſqu'à ſouhaiter ſon trépas,
Ce ſeroit trop, à Dieu ne plaiſe:
Mais lors que la mort la ·····dra,
Qu'on en diſe ce qu'on ·····ra,
Ie croy que i'en ſeray fort aiſe.

Pourtant ſi vous vouliez, Grand ROY,
Comme elle n'eſt point ma parente,
Que ſa vie ou ſa mort me fur indiferente,
Vous n'auriez qu'à payer pour moy;
Ie n'attendrois plus d'heure en heure
Celle où i'aſpire qu'elle meure;
Vous changeriez mon triſte ſort:
Oüy triſte, ie le puis bien dire;
Car ſi ie n'eſpere en vous, SIRE,
Ie n'eſpereray qu'en la mort.

POISSON.

pou.
or, do
y pas
ñor

Paris 1681.